LETTRE
D'UN COMEDIEN
DE
MNIGOUT,

AU SUJET DE LA

CAPRICIEUSE RAISONNABLE,

Comédie en Vaudevilles,

Prête à representer à l'Opera Comique.

Le prix est de six sols.

A PARIS,

Chez F. G. Merigot , Quay des
Augustins.

M. DCC. XLII.

LETTRE

D'UN COMEDIEN

DE

MNIGOUT,

Au sujet de la CAPRICIEUSE
RAISONNABLE, *Comédie en
Vaudevilles, qui doit être re-
présentée à l'Opéra Comique
dans le mois de Septembre* 1742.

MY,

J'attens à tout moment l'heure
de mon départ pour aller à Paris
entendre la premiere Représen-

tation de votre Piéce, intitulée :
LA CAPRICIEUSE RAISONNA-
BLE. Quelle eſt donc la cauſe
de ſon retard ? Avez-vous en-
fanté quelque choſe contre les
Mœurs, les Loix, la Probité,
ou la Religion ? En ce cas, je
vous blâme. Tacite nous enſei-
gne qu'il faut qu'un Politique
ait de la prudence. Foin de moi!
Je parle de politique à un Auteur, dont les productions &
les rêveries prétendent avoir un
champ libre pour paroître dans
le monde ſous un voile de ſé-
curité ſcandaleux, & dont les
préjugés doivent inſinuer une
forte croyance pour s'établir
juſte. O tems ! ô mœurs ! que
vous perdez aujourd'hui de ce
crédit qui vous faiſoit admirer !
Autrefois un Auteur étoit ſans
oſtentation, il ſe ſoumettoit au
public & ſe corrigeoit ſur ſes

décisions ; mais aujourd'hui la suffisance lui sert de guide , & le produit par force dans la Societé de ces gens que le Phœbus éblouit , & qui , adulateurs de l'amphibologie , n'ont d'autre Loi que de priser ce qu'ils n'entendent point. Je crains que vous n'ayez de ces gens là pour amis. Vous avez fait une Comédie en Vaudevilles pour un genre de Spectacle qui ne demande que la risée boufonne & plagiere , dont la critique est la premiere Divinité : J'entens critique par la censure ouverte qu'elle fait la plupart du tems , & vous vous avisez de parler raison dans une Piéce simple , presque sans intrigue , qui se dévelope à la fin par une décision aussi naïve que raisonnable. Je ne dis pas que vos Vaudevilles ne soient séans ; mais vous vous

ſervez pour faire rire des termes
de l'Art des gens que vous re-
préſentez ; & ſi l'eſprit de vos
auditeurs n'eſt pas diſpoſé à rire
par bricole de réflexion , j'ai
bien peur que vous ne ſoyez
réduit à l'oubli.

SONNET.

L'Auditeur a ſes droits , & le Poëte les
    ſiens ,
Le premier veut du bon pour donner ſon
    ſuffrage ,
Le ſecond prétend plaire avec un vil ou-
    vrage ,
Et veut forcer le monde à rire de ſes riens.

Pareil à Quinpezé que l'on vit à la Foire ,
Animal ſingulier autant que curieux ,
Il veut paroître mort avec autant de gloire
Qu'il avoit de vertu quand il étoit nerveux.

Sa nouveauté nous plût , & point ſes
    gentilleſſes.
Le public en cohorte accourt pendant trois
    mois ,

Se débat pour entrer & voir l'homme de
   Bois ;
Il en est tout ainsi des superbes yvresses
Que ces grands Ecrivains produisent à
   présent ;
Venez & censurez , n'importe ; de l'argent !

Voilà la solution de leur ima-
gination. Loin de vous de pa-
reils sentimens ; prendrez-vous
pour cette Piéce le tiers en sus ;
cela donne encore beaucoup de
vogue à la réputation. Quoique
la voiture d'un Fiacre ou d'une
Remise soit égale, le dernier fait
plus d'honneur , & une simple
course coute la journée. Une
Loge retenue toute entiere pour
deux personnes , fait distinguer
les amateurs de la nouveauté.
Pour moi , je suis comme les
vrais Gourmets , j'attens la sai-
son de tout. Ce n'est pour cela
que je refuse de vous aller en-

A iiij

tendre; mais qu'il vous souvien-
ne que dans votre derniere Lettre, vous m'avez marqué (par
apoſtille de précaution) hâtez-
vous de venir; car je tremble de
mourir en naiſſant. Je vous rens
juſtice : Je ſçais que cette petite
production d'eſprit n'eſt qu'un
acheminement pour paroître
dans le monde. Je vous crois
trop de prudence pour vous
enorgueillir d'un ouvrage auſſi
ſuccint , quoique dans la baga-
telle on diſtingue l'eſprit; éver-
tuez-vous pour tâcher de méri-
ter des ſuffrages & des louan-
ges raiſonnables.

FABLE.

LE LIERRE ET LE CHESNE,

Dans la Forêt de Tempé
Il pouſſa jadis un Chêne,
Un Lierre s'y vit attrapé
En naiſſant preſque ſans gêne.
Plus il vieillit,
Et plus il ſuit
De ſon Mentor la trace,
Qui tend par grace
Ses branches pour ſon eſſort.
Il apperçoit ſon Polipode
Venant de l'Antipode
Il veut entourer ſon tréſor.
Maître Chêne lui dit, que fais-tu témé-
raire ?
Je t'aide à ta naiſſance,
Et par intempérance
Tu veux lier ma vertu la plus chere.
Je t'abandonne ingrat, vîte deſſeche-
toi,
Que l'ormeau ſoit ta pâture
Sers aux maux de nourriture,
Ne te vante jamais de moi.

Ne faites point, comme ce Lierre en naissant, suivez le sentier qui vous est ouvert, sans vous embarrasser dans les labyrinthes, que de faux amis vous suggéreront. Vous pensez assez juste pour ne suivre que les sentimens de la raison. Tout ce qui vous paroîtra clair, le sera aux yeux & aux oreilles du Public. Evitez sur-tout l'amphibologie, & donnez plûtôt accidentelement dans le pléonasme ; car tout le monde entend ce que veut dire une bougie & une chandelle. Qu'une trop grande lumiere ne vous réduise pas à l'éteincelle. Il est beau d'écrire, mais intelligiblement. Nos pensées ne peuvent avoir trop de clarté. Retracez-vous Moliere à sa servante, & Virgile à Auguste. Adorateur de l'Epigramme, modulez-vous sur Martial

& Buchanan. Lifez & relifez
bien les Poëtes. L'art en tout
eft facile ; notre langue eft maintenant affez riche pour clarifier
l'expreffion , rendez-vous ami
des grands Maîtres , & vous
réuffirez ; fur-tout que la trop
grande critique n'aviliffe point
votre diction ; car on ne dit plus
maintenant

> *J'appelle un chat un chat , & Rolet un*
> *Fripon.*

Comme les refrins des Vaudevilles font hors d'ufage par la fa-
ge conduite du Correcteur de
l'Obenité ; il eft tant de termes
d'art qui n'ont point encore été
employés , des comparaifons
non clochantes , des fictions in-
connues , des tableaux non-fi-
nis , un ftile Eclogique ; le tout
bien placé , vous plairez aux
gens de bon fens dont la Ville
de Paris abonde. Je vous def-

fends fur-tout la converfation
dans les Caffés ; car c'eft-là où
vous vous perdrez, & où

Un Avocat railleur paroît Panégyrifte,
Le nouveau libertin y devient Cafuifte,
Un fat bien galonné y vante fes ayeux,
Qu'il feroit (s'il ofoit) venir même des
    Dieux.
Un Narrateur, Gauffeur, débite une nou-
    velle
Que l'on n'auroit pas dit du tems de la Pu-
    celle.
Le Géométre brille avec fécurité,
Le gafcon vife à l'heure avec grande aprêté.
La Gazette eft fur jeu, on parle du Pan-
    doure
Que le Héros Saxon nourrit avec fa boure.
Un Ouvrage d'efprit a fon fort prononcé
Avant que fon Auteur même l'ait annoncé.
On y, parle de tout ; en ce lieu rien n'é-
    chappe,
Le moindre événement. Tubleu comme on
    le fappe !

Fuyez donc ces vains amu-
semens ; apprenez & sçachez ju-
ger de tout par vous-même.

J'oubliois de vous parler de
ce Monsieur *Général*, que vous
faites paroître dans votre Piéce, & que votre Capricieuse re-
connoît pour *Adepte*. Prenez
garde, mon cher ami (selon les
paroles du Docteur Swits) que
la colonne bigarré n'entende
point ce mot, quoiqu'il signifie
Soffleur, chercheur de Pierre
Philosophale, faiseur d'or. Le
Public ordinaire n'est pas obligé
de connoître la signification de
ce mot precieux. Je souhaitte
que ce soit la Scéne de votre
Piéce qui soit la plus goûtée. Le
Public y mettra le tost qu'il lui
plaira. Adieu, bonsoir, je sou-
haite que cette Lettre lui donne un heure favorable, qu'elle
ait trois bonnes représentations,

& qu'elle soit bien sçue, bien
annoncée, bien affichée, &
bien imprimée, avec Approbation.

Je suis, Monsieur, votre
Ami, &c.

Lû & approuvé, ce 23. Août 1742.
CREBILLON.

*Vû l'Approbation du sieur Crébillon,
permis d'imprimer. A Paris, ce 23.
Août 1742.* MARVILLE.

*Regiſtré ſur le Livre de la Commu-
nauté des Libraires & Imprimeurs de
Paris, N° 2173. conformément aux
Reglemens, & notamment a l'Arrêt de
la Cour du Parlement du 3. Décembre
1705. A Paris, ce 29. Août 1742.*